心の記憶――目次

心の記憶

メッセージ

誰だって
伝えたい
ことばがある
誰だって
言っておきたい
一言がある
その一言が
言えそうで

言えなくて
胸が苦しくて
他人《ひと》の痛みが
胸にしみる時がある
流す涙も
強くなっていく

ねぇ

固くその心を閉ざしたままで
ねぇ、一体何を探してるの？

君が流す涙は
まるで地面に叩きつけられたかの様に
落ちていって
悲しくなる

ねぇ、君の心の中
一瞬だけ覗かせて
きっと永遠にするから

ねぇ、短い言葉を
君の言葉で
きかせて
きかせて…

届かぬ声

あなたは疲れたんだね
心を覆っている
黒いベールが
自分と不釣り合いだという事に
気付いて
誰に
届くでもない
広い

広い
都会《まち》に向かって
叫んだんだね

これは僕じゃないと
これは私じゃないと

心のままに

心のままに
動いてみよう
心のままに
笑って
心のままに
感動しよう

心のままに

走ってみよう
心のままに
強くなろう
心のままに
弱さ吐き出そう

そこに血がにじんでも
それがあなたなんだよ

砂

手ですくってみた砂は
手の平から
さらさらと
滑り落ちていった

一番手にしたい幸せは
いつもそんなふうに
私から逃げていった

でも悲しみだけは
誰かに溶かしてもらうまで
私の心に
ずっと残ったままだった

体温

手と手が触れたら
心の奥に体温感じて
あなたとのわだかまり
気付いたら風の中に消えていた

不思議だね
言葉よりも確かに
あなたの心に伝わってる気がする

不思議だね
きっと言葉にしてしまったら
追いかけてももう遅い

遠かった距離
二人の悲しみ
ぬくもりがなくしていく
忘れてた喜び
消えそうな絆
ぬくもりが

もう一度なぞっていく

冷たい花

冷たいアスファルトの上に
咲き誇る人間の欲望は
血まみれになっても
止まないけれど

土の上で風に揺れる花や草の様に
踏まれても
踏まれても

生きようとする強さは
なかなか手に入らない

だから今日も
形あるものに愛を任せて
口笛吹いてる大人達が
せわしなく
時を刻んでる

夜

何故生まれてきたのか
その答えは
こんな孤独な夜には
見つかることはなかった

だからって諦められる程
気持ちって簡単でもないんだろう
だから星の光さえ届かない

この小部屋で
もがいて
もがいて
もがき続けて
ただ朝を迎えることが
何度あっても
何一つ見つからずに
報われない夜だけが
真実なんだろうか

傷跡

一番伝えたい
言葉が見つからなくて
詩を書いても
寂しさは拭えないかもしれないと
本当は分かっていたのかもしれない
今までも…

努力をしても

手に入らない幸せなどないと
信じていたいだけで
頑張ってきただけなのかもしれない

本当は独人になりたくないだけで
人を好きになったりしたのかもしれない

たとえそうだとしても
間違ってるだなんて
誰にも言えないから

また人を好きになったりするのかもしれない

涙の跡

星がにじんで
太陽がかすんで
これは私の涙のせいだって
分かっていても
誰のせいにもできず
自分のせいにもできず
ただそこら辺を
さまようたよりない涙

誰にもつかまえられず
自分一人ではつかまえることもできないで
弱い自分を
なぐさめるしかできない
汚れた世界のせいにして
汚れた私は
ただ仕方ないと
繰り返し自分に言い聞かす
私は悪くない

私は悪くない
と…

道の無い道

レールの無い道を
歩いていけたら
自分も周りの人も
幸せなんだろう

レールの無い道を
歩いていけることが
大人になったということなんだろう

自分で作る道は
痛みを味わうかもしれない
苦痛を伴うかもしれない
でも
後悔しないいんだろう

風が吹く町

私の横を
すりぬけていった
風は
私の心の中に
気付かれないように
入りこんできた

傷ついた体と

傷ついた心を
冷たく
優しく
包みこもうとした
それは
私の頭の中を
一瞬真っ白にした

ふしぎ

ふしぎに思ったことを
聞いただけなのに
怒られた
ふしぎに思うことは
悪いことなんだろうか
ふしぎという謎を
親や周りの大人達は
大人になったら分かる

と口を揃えて言う
私は
こんな大人達は
大人とは限らないと
思った

大粒の涙

心から
泣いた
心から
思った

どうして私は無力なのだろう
どうしてそのことを何度も
思い知らされるのだろう

こんなんじゃ
辛いだけだと
私は
心から
泣いた

無題

その先に一体
何があるのか知りたくて
その先に一体
何があるのか知りたくて
真っ暗な中を
私は歩いてく

咎めるものなんて何もない
咎めるものなんて何もない
私はいつでも一人だから
私はいつでも自由だから

朝日

私が途方に暮れた時
空にはただ
朝日だけが昇った

その輝きが
全てを
ゼロの状態に
戻してくれる気がした

後悔も
邪念も
私から取り去ってくれる
気がしていた

一瞬でもいい
永遠でなくていい
私には
その一瞬が

必要だった
とてもとても
飢えていた

確かなものより
不確かなもののほうが
私をずっと幸せにしてくれる
それを分かっていたのに
手放してしまっていた自分が
嫌いだったこと

全部全部
思い出した

非現実的思想

知識や
名誉や
権威だけが
人を豊かにしてくれるとは
限らない
現実主義者のあなたには
分からないでしょう、きっと

細胞や
心臓や
血液の働きだけが
人を生かすとは
限らない
現実主義者のあなたには
分からないでしょう、きっと

罪にならない罪

皆、
偽善者だ
皆、
嘘つきだ
サラリーマンも
警察官も
裁判官も
政治家も

私の家族も
私の友達も
そして私も

これは
罪にはならない罪だ
だから神様が
罰を与えるんだ

二十四時間の失敗

今日もまた
朝を
迎えてしまった
今日もまた
嘘を
ついてしまった

今日もまた
自分と他人の心に
穴を開けてしまった

今日もまた
失敗だ

生きていくエネルギー

生きることは
錯覚と
夢の続きを
何度も見ること

生きることは
前へ進んでも
後へ戻り

涙を知ること

生きてることは
悲しいこと
空しいこと
だから
価値が生まれる

生きてることは
いつも

理想とは裏腹で
怒りのエネルギーを
発散させる
それの連続

無名

誰の所有物でもない
誰のいいなりでもない
誰に飼われた犬でもない

だから私は
無名の私の存在を
作り上げる
ずっとそれを

守っていくんだろう

一日限りの希望

今日という日を
忘れられないような
一日にするために
私は生きてる
だから明日など
見えなくていい
見えないほうがいい

未来などみていたら
今という時間を
忘れてしまう
今も未来も
両方消えてしまう

だから未来など
見えなくていい
見えないほうがいい

孤独

思い出せない
思い出せない
どうして人を好きになったのか
どうしてあなたを好きになったのか
思い出すことが出来ない

こんな私は寂しいでしょう
こんな私は惨めでしょう

分かってるけど
私は思い出せない
今の私は
あなたに釣り合う程
優しくはないから

あなたを思い出せない私は
とても
哀しい瞳をしているよ

転落

指先から
こぼれ落ちてく
幸せは
誰にも
拾われずに
この宙を
静かに
舞っている

誰も
気付くことなどないから
寂しさを
こすり合わせることしか
できないでいる

指先から
こぼれ落ちてく
悲しみは

誰にも
救われずに
ただ
私の孤独を
甘やかす

雑踏

足を踏み入れれば
自分の存在が消えてしまいそうな
雑踏の中で
生きてく弱さをさらけ出せる人が
果たしてどれくらいいるんだろうか

きっと繰り返し、繰り返し
他人を傷つけたり

嘘をついたりして
結局自分が一番傷ついてる

そんな幸せを背負って
歩いて歩いて歩き続けたら
少しは強くなれるのかな
優しくできるのかな
あなたにも、
自分にも。

満月の夜

皓々と
光り輝いて
その光は
誰をも吸い寄せる

満月の夜は
その不思議な魅力に取りつかれて
あっという間に

夜が終わってしまう
涙も
笑顔も
満月に全て
奪われてしまうかの様に…。

一ミリ

あと一ミリ
手が届かなくて
もう少しで
届きそうなのに
その一ミリが
凄く遠い

果てしなく

続いているんだろうか
あと一ミリが届いたとしても
その先の一センチは
死ぬ程
遠いのかな

そう考えたら
生きるのが怖い
前へ進みたくなくなる

ゴミ

自分はゴミだと思った
だって何度も
大切な人を
傷つける

自分は負けたと思った
何にか分からなかったけど
確かに何かに

負けていた

自分はゴミだと思った
だって
生きてる価値ばっかり
探し歩いてたから

ガードマン

私の周りは
みな
ガードマンだ

自分で自分を
必死に
ガードしてる
私はそれを

見て見ぬふりをしながら
知らないうちに
真似ていた

裁き

一体、誰が悪いんだろう
一体、誰が汚したんだろう
一体、誰が傷つけたんだろう

手繰《たぐ》り寄せてみても
本当のこと
分からない

だって被害者は加害者だったかもしれない
だって加害者は被害者だったかもしれない
そんな真実を
法律は
一本のヒモで
くくりつけてしまう

固い
固い
見えないヒモで

気が付かない人達

ここから見える
景色が
こんなにも
素晴らしいと
誰も知らない

ここから見える
都会《まち》は

機械化していて
気持ちが悪いことに
誰も気付かない

空は
広いけど
ここから見える
空は
とても狭い
それも

誰も気付かない

空色のカーテン

心地良い風が吹いた
それはとても
暑い夏の午後

気持ち良くて
夢の中へ引きずり込まれそう
本当は
全部忘れてしまいたい時がある

どこか遠くへ行ってしまいたい時がある
そんな願いを
一瞬だけ叶えてくれた気がした

私の横で
揺れている
空色のカーテンは
私にそっと
幸せを語りかけていた

限界

流れた涙は
一滴だけで
もう限界だよと
私の心を促した

それは行き止まりの前で
助けを求めることも諦めた
心の限界

知らなきゃよかった
疑わなきゃよかった
でももう遅い…

せめてこぼれ落ちた涙を
拾うことができたら
ここから抜けだせるのかな

不眠症

明日が来ないと
じりじり迫られてる感じ
真っ暗な夢の中に
さ迷いこんだら
永遠に抜け出せない予感

きっと今の私の存在自体が
迷路なんだろう

一人で探してるんだろう
緑の見える丘を
太陽の照りが眩しく私を照らすその光景を
毎晩
毎晩
探してるんだろう

誰にも言えない…

目の前に広がる
眩しすぎるネオンの中に
佇む私は
愛を探してる

まばたきする度に
今にもこぼれ落ちそうな
青い涙を

誰にも見せない様に
歯を食いしばりながら

恋するきもち

自分の存在が
消えてしまいそうな
ざわめく人込みの中で
あなたと出逢ったこと
偶然じゃないと
信じていたい

たくさん汚れている世界で

私がそれに染まっていても
たった一人
私を信じてくれる存在が
あなただったとしたら
きっと私は
救われる

強さを下さい

笑えない私に
強さを下さい
後ろを振り返ってばかりの私に
強さを下さい

前だけを見つめていたら
強くなれるの？
でもそれが私には出来ない

まるでどこかに置き忘れてきたもの
探しにいくかの様に
後ろを振り返ってばかりで

こんな私に
強さを下さい

強さを下さい

綺麗な言葉

友達に言われた
「それは綺麗事だよ」
の一言で
そうかもしれないと
自分の胸を責め続けても
何一つ前へは進めなかった

せめて冗談だよと

茶化してくれたらよかったのに
それは綺麗事のつもりはなくて
ただ綺麗な言葉を
あげたかっただけなのに

あなたの前では
私の言葉も
嘘と化してしまう

小部屋

足の踏み場をなくして
私の居場所もなくした
居場所をなくしたら
自由を手に入れた気になった
自由を手に入れた気になって
孤独をもてあましてしまった
この小さな部屋の中で
私は色んなことを

知りすぎてしまった
その見返りに
冷たさが
欲しいのか
優しさが
欲しいのか
分からなくなってた

罪の意識

何が罪で
何が悪いことで
何故それは
したらいけないことなのか
大人からは
教われない

理性という

言葉を
大人は
知っていると
思う

ただ
それだけの
ことだと思う

居場所

波の様に押し寄せる感情を
ざわめく街の中に
上手に押し殺しても
心のどっかが
孤立してる

心地良い私の居場所は
どこにもなくて

永遠に見つからないかもしれない焦りは
きっとどんな形でも
表せない

心の全てで
探し続けても
見つかることがないのなら
最初から居場所なんて
ないのかもしれない

明日の私

私は凄く弱いから
私は凄く寂しがり屋だから
独人のままで
明日を迎えても
私は私のままで
在ることなんて
出来やしない
出来やしない

視線

一生
混じり合うことはないと
思った

一生
分かり合えることはないと
思った

一生
手を差し伸べられることも
手を差し伸べてあげることもないと
思った

だってあなたは
私の
外見しか
見てないから

強い言葉

言葉にしたら
嘘になる
だからそのまま何も言わないで
ただ温め合うだけ

傷口たぐり寄せてたら
気が遠くなる
だから昨日も明日も

味方にはできないけど
今だけを信じてる
あなただけを信じてる

残された希望

潤いを求めて
心が渇くことが
何度あっても
求めることをやめない
今日も

優しさをあげようとして
人を傷つけることが

何度もある
だけど諦められない
明日も、きっと…。

絶望

怖いくらいに
この瞳は
嘆きを抱いて
沈み続ける

幸せには底があるのに
悲しみには底がないと
今日もつまらない不安を

ひきずって生きている私に
温かい雨は降らないから

美しい月

心に月が映しだされて
汚れた心が
力を取り戻していく

わがまま言うなら
傷のない心で
月をこの瞳に映したかった

そしたら
月に癒されることなく
癒され続けたのに

命の輝き

青い空の下で
今を生きている
この瞬間に
澄んだ輝きを放つ
遠くまで

遠い空の向こうを
夢見るこの気持ちが

生きている証だと思う
ずっと遠くまで
この気持ちが届くこと
思い描いてみる

そこにはきっと…

私を
切なくさせる
それにはきっと
愛があったんだろう

私を
遠ざける
そこにはきっと

愛があったんだろう
私が
悲しくなる
そこにはきっと
意味があったんだろう

無数の命

どさくさに紛れて
傷つけられた
この傷みから
数えきれない人の中で
私もどさくさに紛れて
生きてるんだということを
知った

それは私にとって
確かな手ごたえだった
果てしない
喜びだった

希望

今日という日が
良い日であろうが
悪い日であろうが
何も持たないで
渡っていこう

時の流れを
もっと大切な何かで

感じながら

明日という日が
良い日であろうが
悪い日であろうが
希望は今この時に
託そう

時の流れを
もっと心の奥で

感じられる様に

サヨナラ

澄みきった空の向こうに
今はもう
会えないあの子の顔を
思い出す

突然の出会いから
突然の別れまで
あまりに短かった

なのに今でも
残した思い出が
この胸から離れない

もしももう一度
会えるなら
何を伝えようか
朝日が昇るまで
涙と一緒に

考えていた

弱い私

たくさんの人に
混じり合ったとしても
あなたが
孤独と感じれば
孤独なんだよ

一人で居ても
寂しいと感じなければ

寂しくはないんだよ
そんな当たり前の気持ちから
私も目をそらしてた

虚しい太陽

ビルの谷間から
覗く太陽が
一瞬こっちを見てる
毎日
毎日
一瞬だけこっちを見てる
まるで私を
可哀想だと

哀れむかのように

太陽が私を
傷つける
太陽が私を
傷つける

私は可哀想な生き物だと
哀れむかのように
こっちを見ているから

素顔

たくさんの人と出逢い
さよならを口にしない別れも
いくつも通ってきた

もし出逢わなければ
孤独になることもなかっただろう
傷つきにくい
私でいれたんだろう

だけど傷つきやすい大人になっても
いいじゃないかって思えた

心に染みるぬくもりも
たくさんもらえたから
私は私のままで
大人になることを
受け入れられたんだ

宝物

私の心の片隅に
閉まってる
キラキラ輝く目に見えないもの
誰に見せなくても
誰に信じてもらえなくても
私の宝物

金色の夕陽が

悲しみと切なさを
映し出しても
私の心に反射して
生き物になる
それが
私の宝物

心の奥で

心の奥で
揺れている
気持ちは
微妙な感じ
でも
確かな
何か

心の奥で
芽生え始めた
感情は
私に
戸惑いと
希望だけを
促す

心の奥で
開かれた

未知の世界へと
私は
引きずりこまれていた

進化

町が
街になって
火が
灯になって
日が
光になって
土が
コンクリートになって

手が
機械になって
私達の心理は
心理学で追求されるようになって
生き方は
哲学とよばれるようになった

いつからか
私はその
全てを

受け入れようとしていた

エゴイスト

戦争や
暴力や
虐待や
必要のない発展は
人間が根本的に
エゴイストである事を
強く
強く

示した。

それは
新しく生まれてくる
命の数々に
暗い影と
貧しい知識を
与える
最も
重い罪だ。

空の下

絶望を味わう為に
生まれてきたわけじゃなくて
悲しみに溺れる為に
生まれてきたわけでもなくて
ただ無心のままで
生まれてきたんだ

だから

空の下で
生きてる
空の下で
泣いてる
見上げたら
いつでもそこに
大きな空があるように

著者プロフィール
吉岡 亜希子（よしおか あきこ）
1982年8月17日生まれ

心の記憶

2002年1月15日　初版第1刷発行

著　者　吉岡 亜希子
発行者　瓜谷 綱延
発行所　株式会社 文芸社
〒112-0004　東京都文京区後楽2-23-12
電話　03-3814-1177（代表）
03-3814-2455（営業）
振替　00190-8-728265
印刷所　株式会社 平河工業社

ISBN4-8355-3170-1 C0092